1897. Décembre. 16

VENTE

Des Jeudi 16, Vendredi 17 et Samedi 18 Décembre 1897

HOTEL DROUOT, SALLE N° 1

À deux heures un quart

IMPORTANT MOBILIER

ÉPOQUES & STYLES

Renaissance et Dix-Huitième Siècle

OBJETS D'ART, SCULPTURES

ARMES, TAPISSERIES, TENTURES, ÉTOFFES ANCIENNES, TAPIS

BEAUX TABLEAUX MODERNES

Quatre Œuvres de Meissonier

RICHES BIJOUX — DIAMANTS

Perles, Pierres de Couleur

COMMISSAIRES-PRISEURS

Mᵉ G. DUCHESNE   **Mᵉ A. FOUCAULT**

6, Rue de Hanovre, 6   26, Rue des Petits-Champs, 26

Assistés de **M. A. BLOCHE,** *Expert près la Cour d'appel*

28, Rue de Châteaudun, 28

EXPOSITION PUBLIQUE

Le Mercredi 15 Décembre 1897

IMPORTANT MOBILIER

Époques et Styles

Renaissance et Dix-Huitième Siècle

TAPISSERIES, TENTURES, TAPIS, ÉTOFFES ANCIENNES

OBJETS D'ART

MARBRES, SCULPTURES, BRONZES DE MAITRES

Faïences anciennes, Émaux cloisonnés, Miniatures, Armes de chasse et de tir, Argenterie

RICHES BIJOUX, DIAMANTS

Gros solitaires, Garniture de corsage, Bracelets, Bagues, Broches, Montres, Pierres sur papier

BEAUX TABLEAUX MODERNES

PARMI LESQUELS

Quatre OEuvres de MEISSONIER

autres de

BOUDIN, BÉNJAMIN-CONSTANT, CASCIARO, LÉO HERMANN, INNOCENTI, MAZEROLLES
RIBOT, RICHTER, WEISZ

DONT LA VENTE AURA LIEU

Les Jeudi 16, Vendredi 17 et Samedi 18 Décembre 1897

À deux heures un quart

PAR LE MINISTÈRE DE

Mr G. DUCHESNE	**M A. FOUCAULT**
Commissaire-Priseur	*Commissaire-Priseur*
6, Rue de Hanovre, 6	26, Rue des Petits-Champs, 26

ASSISTÉS DE **M. A. BLOCHE,** *Expert près la Cour d'appel*

28, Rue de Châteaudun, 28

EXPOSITION PUBLIQUE

Le Mercredi 15 Décembre 1897

DE 2 HEURES A 6 HEURES

LE CATALOGUE SE TROUVE A

Paris............	Chez Me Georges Duchesne, commissaire-priseur, 6, rue de Hanovre.
—	Chez Me A. Foucault, commissaire-priseur, 26, rue des Petits-Champs.
—	Chez M. A. Bloche, expert près la Cour d'appel, 28, rue de Châteaudun.
Londres.......	Chez M. J. Moylan Jones, 33, Finchley Road, N. W.
—	Chez M. Durlacher, 23, Old Bond Street, A.
Amsterdam.	Chez M. Boasberg, 63, Kalverstraat.
Berlin..........	Chez M. Gustave Lewy, 57 et 58, Wilhelmstrasse.
Francfort....	Chez MM. Goldschmidt, Rossmarkt.

CONDITIONS DE LA VENTE

Elle sera faite au comptant.

Les acquéreurs paieront *cinq pour cent* en sus des adjudications.

L'exposition mettant le public à même de se rendre compte de l'état et de la nature des objets, aucune réclamation ne sera admise une fois l'adjudication prononcée.

Paris. — Imprimerie Ménard et Chaufour, 8-10, rue Milton.

DÉSIGNATION

BIJOUX

1 — Belle garniture de corsage, forme guirlande en brillants, modèle à triple nœuds de rubans reliés, de style Louis XVI.

2 — Collier à pampilles en brillants et roses.

3 — Paire de gros brillants solitaires montés à griffes, poids : 31 c. 1 2 1 8 1/16.

4 — Broche ornée d'une grosse émeraude entourée de douze brillants.

5 — Bracelet gourmette en or avec applique enrichie d'un gros œil-de-chat entouré de brillants.

6 — Brillant pesant 5 carats 1 2.

7 — Montre d'homme remontoir en or à répétition, modèle aux forgerons.

8 — Montre d'homme remontoir en or à répétition avec chiffre et cadran émaillé.

9 — Montre d'homme, en or guilloché à remontoir.

10 — Broche forme ornements tout en brillants.

11 — Bracelet gourmette en or orné de cinq perles d'Orient et de six brillants.

12 — Bracelet porte-bonheur en or, enrichi d'une perle grise entourée de brillants avec brillants sur le corps du bracelet.

13 — Deux perles grises montées en boutons d'oreilles.

14 — Deux brillants solitaires surmontés de petits brillants et montés en boucles d'oreilles.

15 — Paire de boucles d'oreilles formées de deux gros brillants montés à griffes.

16 — Épingle de cravate en or enrichie d'un gros brillant.

17 — Broche-Barette en or enrichie de deux perles fines et de trois brillants.

18 — BAGUE d'homme en or avec gros brillant.

19 — BROCHE forme papillon enrichie de roses, d'une grosse perle et d'un rubis cabochon.

20 — BRACELET enrichi d'un saphir blanc entouré de brillants.

21 — DEUX ÉPINGLES fourches en écaille blonde enrichies de roses.

22 — BOITE ronde en or, décor guilloché et pointillé. Style Louis XVI.

23 — TROUSSE en or composée d'une bourse, d'un porte-mine et d'un coupe-cigare.

24 — PAIRE DE BOUCLES D'OREILLES en or enrichies chacune d'un rubis d'Orient entouré de huit brillants.

25 — DEUX BRILLANTS dont un monté en bague.

26 — DIX PERLES blanches d'Orient, pesant 95 grains.

27 — BAYADÈRE tout en perles fines avec motifs en roses.

28 — BAGUE jonc en argent oxydé, ornée de trois brillants.

29 — CHAINE-GILETIÈRE à maillons en or.

30 — Épingle de cravate ornée d'un rubis spinelle entouré de six brillants.

31 — Épingle de cravate ornée d'une perle fine.

32 — Épingle de cravate avec chaînette, forme épée ornée de roses, perles fines et rubis de Siam.

33 — Épingle a cheveux en écaille blonde, avec applique forme coquille ornementée tout en roses et perles fines.

34 — Paire de boutons d'oreilles, brillants montés à griffes.

35 — Bracelet gourmette en or martelé avec deux appliques formées chacune d'une perle fine entourée de roses.

36 — Canne en jonc avec pomme en cristal, en or ciselé à rocailles fleuronnées, dessus à couronne de prince. Style Louis XV.

37 — Épingle de cravate avec perle poire d'Orient et brillants.

38 — Bague ornée d'un saphir entouré de brillants.

39 — Bague ornée d'un rubis cabochon entouré de petits brillants.

40 — Bague jonc en or avec saphir cabochon entre deux brillants.

41 — Deux bagues en or pavées de brillants.

42 — Bague marquise ornée de trois émeraudes et de petits brillants.

43 — Bague en or à torsade enrichie d'un brillant.

44 — Bague en or avec perle fine entre deux roses.

45 — Broche forme branche d'épi, enrichie de perles fines et de roses.

46 — Six épingles de cravate en or, enrichies de perle fine, rubis, brillants et saphir.

47 — Epingle de cravate avec pièce de monnaie. De la maison Boucheron.

48 — Petite montre en or émaillé bleu et étoilé de roses.

49 — Epingle a chapeau en or avec œil de tigre entouré de roses.

50-52 — Quatre paires de boucles d'oreilles en or enrichies de perles fines et de pierres précieuses.

53 — Deux alliances en or.

54 — Paire de boutons de manchettes en or émaillé blanc.

55 — Porte-mine forme bouteille en argent avec chainette en or.

56 — Deux petites médailles russes en argent.

57 — Deux montures de boucles d'oreilles en or, avec deux petits brillants.

58 — Montre de dame à remontoir en or avec petit émail, agrafe forme serpent avec tête ornée d'une émeraude et de roses.

59 — Bague jumelle en or ornée d'un brillant, d'un rubis spinelle et de roses.

60 — Bague avec perle grise entourée de deux rangs de roses.

61 — Agrafe en or ornée de roses et de rubis.

62 — Bague marquise avec turquoise et brillants.

63 — Paire de boutons de manchettes en or avec chiffre J. N.

64 — Épingle en or formée d'une pièce de monnaie.

65 — Épingle anglaise en or avec saphir étoilé et roses.

66 — Porte-cigarettes en acier oxydé avec chiffre F en roses.

67 — Porte-cigarettes en argent uni.

68 — Treize pièces de monnaie anciennes en or, françaises et étrangères.

TABLEAUX

AQUARELLES, PASTELS, DESSINS, GRAVURES

AURELY (G.)

69 — *Femme au lorgnon et Femme à l'éventail.*

Deux aquarelles se faisant pendants. Signées à droite.

AURELY (G.)

70 — *Les Patineuses.*

Deux aquarelles se faisant pendants.

AURELY (G.)

71 — *Jeunes pages.*

Deux aquarelles se faisant pendants.

SAINT-AUBIN (d'Après AUGUSTE)

72 — *L'Heureux ménage.*

73 — *La Sollicitude maternelle.*

Deux gravures en couleurs.

BOUDIN

74 — *L'Estacade à marée basse à Trouville.*

BOUDIN (E.)

75 — *Les Estacades à Trouville.*

Signé à droite.

BAUDOIN

76 — *La Femme au tub.*

Signé à gauche.

BONINGTON

77 — *Le Vieux Pont.*

Signé à gauche.

DE BLOCK

78 — *Les Buveurs.*

CONSTANT (Benjamin)

79 — *Sous bois.*

CASCIARO

80 — *Maison aux environs de Naples.*

Pastel.

CASCIARO

81 — *Routes en Italie.*

Effets d'automne. Deux pastels se faisant pendants.

CASCIARO

82 — *Route de Capo di Monte.*

Pastel.

CASCIARO

83 — *Vue de Naples prise aux environs.*

Pastel.

CASCIARO

84 — *Route aux environs de Naples.*

CASCIARO

85 — *Le Vésuve.*

CASCIARO

86 — *Route en Italie.*

Pastel.

CASCIARO

87 — *Troupeau de vaches sur une colline.*

Pastel.

CASCIARO

88 — *Vue de Naples.*

> Pastel.

FLAMENG (d'Après F.)

89 — *Bain des dames de la Cour.*

> Gravure en couleur. Edition de Goupil.

HARPIGNIES

90 — *Sortie de forèt.*

> Signé à gauche.

HERMANN (Léo)

91 — *La jardinière.*

> Esquisse.

92 — *Portrait de jeune fille.*

INNOCENTI

93 — *La danse sous bois.*

> Signé à droite.

LLOVERA (J.)

94 — *Après la danse.*

> Aquarelle. Signée à droite.

LA PIRA

95 — *Vue de Naples.*

Effet de nuit. Aquarelle.

MEISSONIER

96 — *Antibes.*

Sur la route qui longe la mer, un cavalier vêtu de brun, est monté sur un cheval blanc. A gauche au sommet d'un talus des constructions où le soleil promène des clartés blondes. A droite de l'autre côté de la mer, et entre le ciel bleu, pesant sur la dentelle des collines, les vieux remparts de la ville. 1868.

Panneau. 13×25 1 2

(Vente Meissonier, mai 1893)

MEISSONIER

97 — *L'aumône.*

Dans une allée du bois, un cavalier arrête son cheval et cherche dans sa poche la menue monnaie de l'aumône tandis que son regard abrité par le large chapeau à cornes scrute la physionomie du mendiant. Le cheval est bai cerise, le cavalier vêtu de la culotte de peau, du gilet blanc à revers et de la longue redingote du Directoire.
Étude pour le tableau l'aumône 1873.

Panneau, 31 1 2×20

(Vente Meissonier, mai 1893)

MEISSONIER

98 — *Portrait de l'aventurière.*

Une jument brune à robe soyeuse vue de profil à gauche. Selle rouge, brides et harnais à boucles d'acier poli.
Dans le fond une épaisseur de bois et un coin de soleil. Signé à droite du monogramme M. 1863.

Panneau, 38×28 1 2

(Vente Meissonier mai 93)

MEISSONIER

99 — *Un Florentin.*

Un Florentin debout, vu de dos la tête tournée de profil à gauche, la main pesant sur l'épée qui relève la cape noire.

Panneau, 23×13 1/2

(*Vente Meissonier mai 93*)

MEISSONIER

100 — *L'arquebusier.*

Dessin au crayon. Signé à droite.

MIGNARD (d'après)

101 —*Portrait de Mme de Lavallière.*

Dessin à la mine de plomb. Cadre bois sculpté.

MAZEROLLES

102 — *L'Amour est plus léger qu'un papillon.*

Dessin au crayon sur fond bleui. Signé à gauche.

PHILIPPET

103 — *Le balcon rouge à Rome.*

PHILIPPET

104 — *Beppo.*

Esquisse.

RIBOT

105 — *La Comédie italienne.*

Inspirée d'après WATTEAU. Signé à droite.

RICHTER

106 — *Petite marquise Louis XV.*

Pastel. Signé à droite.

SIGNORINI (G.)

107 — *La bouquetière.*

Aquarelle. Signée à droite.

TORRÉS DE MARCILLO

108 — *Sérénade Louis XV.*

Signé.

WATTEAU

109 — *Le départ à Cythère.*

Gravure.

VILLETTE

110 — *Anes en contemplation.*

Deux aquarelles.

WEISZ (Ad.)

111 — *Le Sommeil.*

Beau tableau. Signé en haut à droite.

ÉCOLE ANGLAISE

112 — *Portrait de femme tenant des fleurs.*

Cadre ovale bois sculpté.

113 — *Moïse exposé sur le Nil.*

114 — *Le Réveil.*

Deux gravures en noir de Goupil.

115 — Tableaux et dessins divers.

MOBILIER

116 — BEAU MEUBLE à deux corps en noyer sculpté, d'aspect architectural, le haut fermant à deux portes avec figures allégoriques des sciences et de la musique; au milieu et sur les côtés des accouplements de colonnes, le bas à arcades, travail de LEROUX. Style Renaissance.

117 — TABLE A JEU en noyer sculpté, forme Louis XVI, travail de LEROUX.

118 — JOLI PETIT MEUBLE ouvrant à deux portes, décor vernis Martin fond aventuriné avec médaillons figures d'amours et trophées allégoriques, garni de bronzes, dessus en marbre griotte. Style Louis XV.

119 — GRAND ET BEAU BUREAU plat forme à contours en bois rose et de violette garni de rocailles fleuronnées, en bronze ciselé et doré. Style Louis XV.

120 — BELLE ARMOIRE en bois sculpté, dite normande, dessin à groupe d'oiseaux, attributs et enroulements fleuris, ouvrant à deux portes garnies de glaces biseautées. Époque Louis XV.

121 — SIX BERGÈRES, dossiers à jour en noyer finement sculpté dessin Trianon Marie-Antoinette, trois couvertes en velours ciselé, dessin à ramages fleuris, fond vieux rose et trois fond héliotrope. Style Louis XVI.

122 — Console Louis XV, en bois sculpté et doré, modèle à coquilles, volutes et rocailles, dessus en marbre rouge veiné.

123 — Table rectangulaire en noyer sculpté. Style Renaissance, travail de Leroux.

124 — Piano demi-queue en palissandre ciré d'Erard (n° 66,156).

125 — Belle commode en bois de violette marqueté garnie de bronzes ciselés et dorés à rocailles signés des poinçons de Caffieri, dessus en marbre rouge griotte. Époque Louis XV.

126 — Petit cabinet en bois de violette à nombreux tiroirs garnis de bas-reliefs en bronze doré représentant des scènes mythologiques. Style Louis XIII.

127 — Piano droit en palissandre de Malmsjo.

128 — Jolie table en acajou orné de bronzes ciselés et dorés à rinceaux feuillagés et guirlandes, dessus en marbre brocatelle. Style Louis XVI.

129 — Vitrine en bois de luxe richement garni de bronzes à rocailles, guirlandes et têtes de chérubins, tablettes en glace. Style Louis XV.

130 — Petit fauteuil en bois sculpté et doré couvert en soierie bleue à fleurs. Louis XVI.

131 — Petite console forme Louis XV sur un pied à rocailles, en bois sculpté et doré. Travail de Lipmann.

132 — CANAPÉ de forme rocaille en bois sculpté, rehaussé de blanc, style Louis XV, couvert avec coussin en soie crême brochée à branchages fleuris, de l'époque Louis XV.

133 — BERGÈRE dossier à caisson même facture.

134 — BERGÈRE dossier à caisson même forme couverte de soie, de style Louis XV.

135 — DEUX GRANDES BERGÈRES à joues en bois sculpté rechampi de blanc, style Louis XV, couvertes en soie crême, brochée à branchages fleuris.

136 — BERGÈRE à dossier cintré forme Louis XV en bois sculpté rechampi de blanc, couverte en soie crême brochée à bouquets de fleurs. Style Louis XV.

137 — DEUX CHAISES légères en bois sculpté rechampi de blanc, modèle à rocailles, foncées de canne dorée. Style Louis XV.

138 — FAUTEUIL en bois sculpté à fleurs, foncée de canne dorée. Style Louis XV.

139 — GRAND LIT DE MILIEU avec rampe en velours de lin bleu, draperie et fond de lit en satin broché garni de franges faisant le tour, fronton en bois sculpté et doré, décor du lit composé de rideaux et draperies combinés en velours de lin et satin rose broché garni de franges et relevés par des cordelières assorties.

140 — DESSUS DE LIT en velours crême, dessin à motifs variés dans le goût oriental garni de franges.

141 — Décor de fenêtre et deux portières analogues à la tenture du lit.

142 — Meuble à hauteur d'appui en marqueterie de bois à colonnettes détachées, dessus marbre rouge veiné, garni de filets de cuivre. Style Louis XVI.

143 — Deux petites tables dont une formant coffret à bijoux en velours de lin bleu.

144 — Petite commode à trois tiroirs en palissandre et marqueterie de bois rose, garnie de bronzes. Style Louis XV.

145 — Coffre-fort de Fichet en forme de secrétaire chiffonnier, moulures dorées, dessus en marbre.

146 — Petit coffre-fort en fer de Fichet.

147 — Petit bureau forme rococo en bois de violette, garni de bronzes dorés. Style Louis XV.

148 — Belle toilette forme de bureau cylindre en bois sculpté, laqué blanc dessus, et intérieur en marbre brèche du Languedoc. Style Louis XV.

149 — Petite table a ouvrage en noyer peint en blanc, filets vert d'eau dessus en soierie brochée à fleurs.

150 — Glace avec cadre en bois sculpté et rechampi de blanc, orné de rocailles.

151 — GRANDE ARMOIRE à trois portes ornée de glaces en bois de palissandre et de violette flanquée de colonnes détachées avec vases à draperies. Style Louis XVI. Travail de ROLL.

152 — GRAND FAUTEUIL couvert en soie vert d'eau brochée à fleurs et guirlandes.

153 — FAUTEUIL Rotschild, en peluche et soie brochée.

154 — TABOURET X en noyer couvert en peluche chaudron.

155 — TABLE en noyer avec tiroirs. Style XVI⁰ siècle.

156 — DIX CHAISES de salle à manger en bois noir, recouvertes de panne rouge avec galons et motifs décoratifs ton sur ton. Travail de LEYS. Style Louis XIII.

157 — BUFFET crédence en noyer sculpté, orné de masques fantastiques et de colonnettes cannelées. Style Renaissance.

158 — TABLE rectangulaire en noyer sculpté, à trois rallonges. Style Renaissance.

159 — GRAND BUFFET à découper, ouvrant à deux portes en noyer sculpté, à pointes de diamants avec colonnettes cannelées, dessus en marbre rouge veiné.

160 — CHEMINÉE monumentale en bois sculpté, bandeau avec motif et armoirie, ainsi que les montants dans le goût de la Renaissance.

161 — Trumeau formé par un panneau décoratif, représentant des *baigneuses*, d'après Boucher.

162 — Horloge a cage en bois finement sculpté, dessin à vases et guirlandes fleuries, trophées d'attributs champêtres et groupe de colombes. Époque Louis XVI. Cadran signé Bourdon, à Goderville.

163 — Fauteuil forme dite Dagobert en mérisier vernis couvert en velours bleu rayé.

164 — Toilette en noyer ciré à trois portes et trois tiroirs, dessus marbre rouge veiné.

165 — Armoire a glace à table de nuit et petite table en pitchpin.

166 — Glace avec cadre en étcffe.

167 — Armoire de lingerie en sapin verni.

168 — Deux toilettes en pitchpin, dessus en marbre.

169 — Deux tables en pitchpin.

170 — Deux bicyclettes de Rudge.

171 — Chaise longue recouverte de soierie rayée et brochée.

172 — Crédence à pans coupés avec étagère en retrait en bois sculpté à sujets guerriers et bustes de personnages. Style xve siècle.

173 — Fauteuil en noyer sculpté, bras à têtes de béliers avec coussin en velours et broderie.

174 — Porte-manteaux et parapluie en chêne, patères en cuivre poli.

175 — Chevalet.

176 — Coffre à bois en chêne.

177 — Deux supports en chêne sculpté, dessus en marbre.

178 — Deux escadeaux bois sculpté. Style Renaissance.

179 — Glace rectangulaire, cadre en étoffe rouge.

180 — Poele en faïence émaillée, bardé de cuivre.

OBJETS D'ART

181 — **TRÈS BELLE STATUETTE** en marbre blanc : *La Source de la Vérité* par P. FOURNIER, socle en marbre rouge.

182 — **STATUETTE** en marbre : *Marguerite*, de P. FOURNIER.

183 — **GROUPE** en bronze : *Idylle bretonne* de P. FOURNIER, édition de Thiébaud.

184 — **CARTEL** en bronze ciselé et doré surmonté d'un vase, culot à tête de femme. Cadran signé JANVIER à Paris. Style Louis XVI.

185 — **STATUETTE** en marbre blanc : *La femme au chat*, de FOURNIER.

186 — **STATUETTE** en marbre blanc : *Enfant endormi*. Travail espagnol du XVIIIe siècle.

187 — **GARNITURE DE CHEMINÉE** en porcelaine gros bleu, monture en bronze finement ciselé et doré garni de strass, composée d'une pendule forme lyre, et de deux candélabres à quatre lumières.

188 — **JARDINIÈRE** en bronze patine claire, avec figurines de bacchantes auprès d'une grappe de raisin, œuvre orignale de FOURNIER, éditée par BARBEDIENNE.

189 — STATUETTE de *femme endormie* en marbre blanc, d'après PRADIER.

190 — JOLIE STATUETTE équestre en bronze patine de maître, *Jeanne-d'Arc* de FRÉMIET.

191 — BEAU GROUPE en bronze frotté d'or : *Saint-Georges*, de FRÉMIET. Socle en marbre blanc.

192 — DEVANT DE FOYER en bronze, brûle-parfums sur balustrade. Style Louis XVI.

193 — GRAND FLAMBEAU en bronze ciselé et doré, modèle à rocaille, disposé pour l'électricité. Style Louis XV.

194 — DEUX BUIRES en bronze ciselé et doré à ornements, anses forme chimère. Style Renaissance.

195 — DEUX BUIRES en bronze, anses à satyre, socle marbre rouge. Style Louis XVI.

196 — STATUETTE en bronze : *faunesse danseuse* de GOLDSHEIDER KLOTZ.

197 — PENDULE en bronze doré, représentant *une femme regardant un enfant endormi*. Ier Empire.

198 — STATUETTE en bronze : *femme à la psyché* de PINEDO.

199 — JOLIE SUSPENSION à six lampes de style gothique en fer forgé, disposée pour l'électricité. Travail de BODARD.

200 — Statuette en bronze patine claire : *la Fortune* de Vauthier, édition Barbedienne.

201 — Jardinière en porcelaine, décor rouge et or.

202 — Deux coupes forme fleurs et feuillages en bronze.

203 — Paire de vases en émail cloisonné du Japon, fond bleu à branchages fleuris.

204 — Deux grands bas-reliefs en bronze frotté d'or, allégories des Sources, d'après Jean Goujon, édition de Barbedienne.

205 — Tube porte-parapluies en terre de Boccaro.

206 — Paire de girandoles à quatre lumières en bronze argenté. Style rocailles.

207 — Petite statuette en bronze : *femme à la tortue.*

208 — Quatre bras d'appliques à deux lumières pour l'électricité en bronze, modèle rocailles. Style Louis XV.

209 — Joli buste de jeune fille en marbre : *Première déception.*

210 — Deux chenets forme pyramides en bronze poli. Stye Louis XIV.

211 — Porte-pelles et pincettes avec accessoires. Style Louis XV.

212 — DEUX BOUTEILLES forme persane en ancienne porcelaine du Japon, décor à fleurs et paysages.

213 — STATUETTE de femme drapée, en bois sculpté et doré. XVIIe siècle.

214 — PENDULE en vernis MARTIN fond d'or à fleurs garnie de bronzes. Style Louis XV.

215 — PAIRE DE VASES en émail cloisonné de Chine, décors à fleurs et papillons en couleur, monture en bronze fumé et frotté.

216 — PAIRE DE FLAMBEAUX à électricité en bronze doré, modèle rocailles. Style Louis XV.

217 — DEVANT DE FEU en bronze poli, vases sur balustrades. Style Louis XV.

218 — GROUPE DE CHIENS de MÈNE, socle en marbre rouge.

219 — LE CHARMEUR DE PORCS, bronze de FREMIET.

220 — GARNITURE DE CHEMINÉE en bronze poli. Style Louis XVI.

221 — DEUX CANDÉLABRES à quatre lumières en bronze doré de la Restauration.

222 — VASE à eau forme romaine en cuivre jaune.

223 — FONTAINE à anse en cuivre rouge repoussé. Louis XIII.

224 — Vase de forme allongée en cuivre gravé et repercé de Perse, décor personnages et arabesques.

225 — Statuette en biscuit : *Baigneuse* de Léon Pilet.

226 — Vase en faïence de Nevers, avec anses tortillons, décor en bleu, dans le goût chinois.

227 — Poignard corse, poignée fuselée garnie d'argent.

228 — Paire de petits flambeaux en bronze doré, formés de rocailles. Style Louis XV.

229 — Deux appliques à branches de chardons, pour l'électricité, en fer forgé, travail de Bodart.

230 — Lustre à six lumières électriques en bronze repercé et oxydé. travail de Gagneau. Style Renaissance.

231 — Pupitre en bois du Tonkin incrusté de nacre.

FAIENCES, PORCELAINES

232 — ROUEN. Bannette décor à la corne.

233 — ROUEN. Plat oblong décor en bleu.

234 — MOUSTIERS. Plat oblong décor à ornements en bleu.

235 — MOUSTIERS. Petit plat oblong, décor au chinois en violacé.

236 — MOUSTIERS. Petit plat oblong, décor en polychrome et en bleu.

237 — NEVERS. Plat à coquilles décor à sujet WATTEAU.

238 — NOVE. Deux plats oblongs décor à fruits et fleurs.

239 — NOVE. Plat rond décor analogue.

240 — NEVERS. Plat rond à paysage, fleurs et arabesques.

241 — MARSEILLE. Deux assiettes décor à bouquets de fleurs.

242 — DELFT. Deux plats décor polychrome.

243 — DELFT. Deux plats décor aux chinois en bleu.

244 — FABRIQUES DIVERSES. Huit plats et assiettes décors variés.

245 — MOUSTIERS MODERNE. Paire de vases décorés de castels à personnages.

246 — DELFT MODERNE. Deux potiches décor polychrome.

247 — SAXE. Onze assiettes décor en bleu et or.

248 — MOUSTIERS. Jardinière oblongue décor en bleu.

249 — ROUEN. Fontaine avec bassin décor polychrome monture bois sculpté.

250 — JAPON. Deux figurines en grès.

251 — DECK. Deux jolies plaques représentant l'*Hiver et l'Automne*, encadrés.

252 — CHINE. Bouteille décor en polychrome.

253 — CHINE. Petite bouteille fond jaune.

ARMES

254 — Boite de pistolets de salon avec accessoires, de la maison Guyot.

255 — Carabine-revolver dans son écrin, avec accessoires, de la maison Gaymu.

256 — Fusil de dame avec double canon à percussion centrale, calibre 20, de la maison Guyot.

257 — Fusil de chasse calibre 12, canon de Paris de la maison Guyot, dans sa gaîne.

258 — Pistolet de tir, de Claudin.

259 — Carabine de salon, de la maison Gaymu.

260 — Fusil canon de Paris, calibre 16, de la maison Lefaucheux.

261 — Divers sabres et épées.

262 — Casque en fer XVIᵉ siècle.

263 — Couteau de vènerie à lame gravée de Guyot, avec manche et coquilles en argent, fourreau en cuir garni d'argent.

MINIATURES, OBJETS DE VITRINE

264 — Jolie miniature portrait de *Michelet des Français*, par Singry.

    (Signée)

265 — Paire de jolis petits vases en agate évidé, fine monture en bronze ciselé et doré à feuilles de lierre, anses à cols de cygne Louis XVI.

266 — Jolie miniature sur ivoire : portrait de jeune femme avec grand chapeau, cadre en bronze ciselé. Style Louis XVI.

267 — Miniature sur ivoire : *la princesse de Beauharnais*, cadre en bronze. Style Ier Empire.

268 — Agrafe forme cœur, surmonté d'une couronne en acier faceté, ornée de deux miniatures portraits de jeunes femmes. Époque Louis XVI.

269 — Miniature sur ivoire : *Madame de Laferrière* coiffée d'un bonnet blanc.

270 — Miniature sur ivoire : Portrait de jeunes femmes en cheveux poudrés et parées de perles.

271 — **Miniature** sur ivoire : Portrait de *S. A. R. la princesse de Galles.*

272 — **Missel** contenant douze miniatures et lettres ornées de peintures relevées d'or.

273 — **Statuette** en porcelaine de Saxe, femme allégorique.

274 — **Petite boite** à musique en écaille, dessus orné d'un émail. Ier Empire.

275 — **Bonbonnière** en ivoire avec miniature d'après Greuze.

ORFÈVRERIE

276 — Paire de jolis candélabres en argent ciselé, modèle à rocailles. Style Louis XV.

277 — Huit jolies tasses avec leurs soucoupes et leurs cuillers en vermeil ciselé à petits personnages.

278 — Douze couverts en argent, modèle à filets.

279 — Cuiller a sucre en argent. Style Louis XV.

280 — Service a découper manches en ivoire avec virole en argent.

281 — Lot de croix et médailles en argent émaillé et métal.

282 — Cinquante-deux couteaux de table, manches en argent.

283 — Dix-neuf d'entremets même modèle.

284 — Huilier en argent avec ses burettes en cristal bleu. Ier Empire.

285 — Dix-sept couteaux en vermeil à têtes de satyres.

286 — Pince a sucre en vermeil.

287 — Pot a crème en argent Louis XV.

288-290 — Trois calices et deux plateaux en vermeil ciselé dont un enrichi de pierreries.

291 — Deux flacons en cristal gravé, bouchons en vermeil, de la maison Boin Taburet.

292 — Œuf formant deux coquetières en argent émaillé. Travail russe.

TAPISSERIES

TENTURES, TAPIS

293 — GRANDE et belle tapisserie d'Aubusson du xviiie siècle représentant une scène champêtre à petits personnages dans un riant paysage avec vue de moulin et cours d'eau, composition d'après HUET. Bordure simulant un encadrement.

294 — SUITE de cinq tapisseries d'Aubusson du xviiie siècle représentant des scènes de l'histoire d'Alexandre, d'après les cartons de LEBRUN, avec bordures à ornements et motifs divers.

295 — DÉCOR DE FENÊTRE en panne crème avec armoiries richement brodées, bandeau et bâton.

296 — QUATRE BRIS BIS en soierie crème brodée à petits bouquets de fleurs.

297 — DEUX DÉCORS de fenêtre et de baie, une portière en velours de lin héliotrope semé de bouquets de fleurs brodés et deux bandeaux en satin jaune brodé à arabesques fleuries de soie de diverses nuances.

298 — TAPIS ROUGE, dessin ton sur ton à fleurs, couvrant deux pièces.

299 — Carpette d'orient, fond gros bleu dessin rouge, bordure polychrome.

300 — Décor de fenêtre en soierie crème brochée à fleurs et branchages avec bonne grâce à draperie garni de franges et relevé par des cordelières assorties. Style Louis XVI.

301 — Tapis fond gris, dessin à guirlandes entrelacées, ton vert d'eau. Style XVIIIe siècle.

302 — Tapis de foyer, fond blanc, bordure fond rose à fleurs polychromes.

303 — Descente de lit dans le goût oriental fond rose, dessin polychrome.

304 — Tapis de table en peluche chanvre, bordure velours de Gênes bouton d'or.

305 — Tapis dessin à grands ramages sur fond vieux rouge.

306 — Quatre courtines en soie chaudron.

307 — Quatre portières en peluche, genre oriental.

308 — Quatre portières en velours grenat avec bandeaux Henri II.

309 — Grand tapis fond bistre.

3ro — Tapis d'escalier fond rouge, dessin oriental avec tringles en cuivre.

3rr — Quatre coussins en soierie crème brochée à fleurs.

3r2 — Tenture murale en brocatelle de soie vert d'eau. Dessin ton sur ton.

3r3 — Quatre courtines en soierie crème.

3r4 — Tapis fond rouge, dessin à fleurs et rinceaux ton sur ton.

3r5 — Trois portières et une draperie en velours de lin chaudron.

3r6 — Trois tapis fond jaune, dessin polychrome genre oriental, couvrant différentes pièces.

3r7 — Deux descentes de lit oriental, dessins variés.

3r8 — Trois portières en velours de lin grenat.

ÉTOFFES, FOURRURES, MANTEAUX

319 — Robe en satin blanc argent, broché de soie et d'or à corbeilles fleuries. Époque Louis XV. (Quatre morceaux).

320 — Sept morceaux en soierie rayée rose et blanche brochée à guirlandes fleuries. Époque Louis XVI.

321 — Robe en soierie blanche, armurée et rayée brochée à bouquets de fleurs. Époque Louis XV.

322 — Robe en satin rayé crème et vert broché à bouquets et semis. Époque Louis XVI.

323 — Couvre-lit, en soierie crème rayée et brochée de soie et tissée d'argent à fleurs. Époque Louis XVI.

324 — Nappe d'autel avec bordure en ancienne guipure.

325 — Deux dalmatiques en ancienne soierie bouton d'or tissé d'or et d'argent.

326 — Morceau d'étoffe broché d'argent.

327 — Jaquette longue en loutre, col en renard bleu.

328 — Pelisse en drap noir, doublée de bison, cols et manches en castor.

329 — Chale en crêpe de Chine noir, brodé de soie à fleurs et volatiles.

330 — Chale en crêpe de Chine blanc à fleurs.

MEUBLES ET OBJETS DIVERS

331 — Meubles de cuisine en bois blanc : buffet, tables, chaises.

332 — Meubles de chambres de domestiques.

333 — Objets divers.

334 — Casiers à vin.

335 — Objets non catalogués.